숲 선생

시인의일요일시집 **007**

숲 선생

1판 1쇄 찍음 2022년 6월 22일
1판 1쇄 펴냄 2022년 6월 28일

지 은 이 유종인
펴 낸 이 김경희
펴 낸 곳 시인의일요일

표지·본문디자인 노블애드
경 영 지 원 양정열

출판등록 제2021-000085호
주   소 경기도 용인시 기흥구 연원로42번길 2
전   화 031-890-2004
팩   스 031-890-2005
전자우편 sundaypoet@naver.com
블 로 그 https://blog.naver.com/sundaypoet

ISBN 979-11-975090-7-0 (03810)

값 10,000원

숲
선
생

유종인 시집

| 시인의 말 |

길을 걷다가 그대 나무를 한 번 안아 본다.

그대 나무도 나를 가만 안아 준다.

번민이 다른 초록으로 트여 올 때가 있다.

무연히 무한한 연결이 번진다.

2022년 초여름

송빙관(松聘館)에서

| 차 례 |

1부 풍란

2부 산할아버지

3부   나무 의사

1부

풍
란

수목 예찬

― 숲 선생

태양을 수상受賞한 느낌을 아시오
대지와 얼크러진 연애의 사무침을 아시오
대기가 가혹을 부릴 때
그 기꺼이 매맞음의 고혹을 아시오

저 사색의 중중년重重年들의
구새먹은 고목들이
온몸 틔운 입술마다 피워 문
연두의 환한 발음을 보시오

솔밭길

찬 이별을 씹었다가도
솔밭길에 오르면
감초 달인 물에 목욕하고 온 바람이
내 귀를 적시네 잇바디가 노랗고 달구나

궂긴 이들 한두 번씩은
예서 이 솔바람 속에서 뺨이 나오고 이마가 반들하니
시큰한 콧등 분주한 콧김을 공중에 내어
서러운 기쁨도 눈을 반짝여 말없이
바라다 갈 것이구나

굽은 소나무 거칠거칠한 소나무 잔등을 어루어
미처 못 만져 준 그대를 대역했으니
내가 이 솔밭길을 거둔 뒤에도
소나무는 그대가 떠난 쪽으로
지향을 세웠네 그윽이 굽어 바라네

해를 감추고 구름이 흩어져도

솔바람에 물든 풍문을
서너 폭 문장의 두루마리 옷에 번져 입었으니
밤에 누우면 서늘하니 속옷이 울고
비 그친 솔수펑이가
내 가슴 늑골에 번져 와 추억의 피륙을 다시 짜듯
눈보라 속에 웃음이 태연한 내가
소나무와 짐짓 등을 맞대고 맑게 미쳐 가네

풍란
— 기념일

기념일이라고 당신과 누룽지탕을 처음 먹고
농산물센터 화훼코너를 어슬렁거리다
이천구백 원에 기념물로 산 것이
새끼 풍란이었다
얼마간의 이끼를 움켜쥐고 너는 왔다
계산할 때 이게 다냐는, 계산원 여자의
덩치에 안 맞는 쏨쏨이에 대한 눈총도
흘려버리듯 가져온 기념물이었다

모종화분에서 토분으로 거처를 바꿔 주고
화창한 날 내 물조리개가 소낙비를 내렸다
세상이, 야차의 말들을 쏟아 낼 때
고요에 물든 너의 초록을 부르듯
서늘한 눈길들 그 벼랑에 뿌리를 드러낸 채
그윽이 웃어 향기를 번지는
너의 표일한 나날을 불렀다
그 조붓한 잎새에 허공을 내려 능노는 너를
옛사람의 눈길로 굽어 불렀다

동숙의 노래를 더듬거려 부르면
그런 너는 예서 산다는 말도 없이
여기선 못 살겠다는 손사래도 없이
먼 풍랑과 절벽과 습습한 안개와
기적 같은 새소리 무적霧笛의 그늘과 태양을
너는 그 또한 사무쳐 여기 서렸다
나의 봄날에 초록의 할부처럼 덧붙어 있다

나비물

박수 소리를 듣는다 그 수도가 박힌 마당은
수도꼭지를 틀 때마다 콸콸콸 물의 박수를 쳐 준다
꾸지람을 듣고 온 날에도 그늘이 없는 박수 소리에
손을 담그고 저녁별을 바라는 일은 늡늡했다
그런 천연의 박수가 담긴 대얏물에 아버지가 세수를 하면
살비듬이 뜬 그 물에 할머니가 발을 닦으셨다
발등의 저승꽃에도 물을 줘야지
그런 발 닦은 물조차 그냥 버려지지 않는다
한 번 박수를 부은 물의 기운을
채송화 봉선화 사루비아 눈치 보는 바랭이풀 잡초까지 물너
울을 씌워 주고도
박수는 아직 끝나지 않았다 반쯤을 남긴
세숫대야 물을 내게 들려 손님을 맞듯 대문을 여신다
뿌리거라, 길이 팍팍해서야 쓰겠냐
흙꽃*에게도 물을 줘야지
최대한 물의 보자기를 펼치듯 헹가래를 치는 물
마지막 박수는 이렇게 들뜬 흙먼지를 넓게 가라앉히는 일,
수도꼭지가 박수쳐서 보낸 물의 여행은

아직도 할머니 발등을 적시고 유전流轉하는 박수 소리로
길을 떠나 사루비아 달콤한 핏빛에도 스며뒀으니
실수하고도 박수를 받으면
언젠가 갸륵한 일들로 재장구쳐 오는 날도 있으리라
끝없이 마음의 꿀을 물어 오는 저 물의 호접蝴蝶은
어느 근심의 그늘 밑에 두어도 내내 환하다

* 흙꽃: 흙먼지의 방언

산고양이

산비탈의 산벚나무 그늘과
바위벼랑에 박힌 수백 년 소나무 그림자와
우듬지가 고소한 가래나무의 잎 그늘과
오리나무 가지가 제 동편 바위에 걸친 으늑함과
바람이 불 때면
으스스 으스스스스 슬픔과 기쁨의 소름이 갈마드는
저 산죽山竹의 그늘을
모으고 모으고 굴리고 뭉치면
그 뭉친 그림자 그늘 반죽이 한순간
늘씬하게 다리와 머리를 뽑아내고
호박琥珀 같은 눈알을 돋워 내어
마지막엔
새하얀 수염을 벋어 낸 게
얼추 고양이다

오월 모란꽃 흰 그늘과 검붉은 모란 그늘의 겹침을
다시 단호박처럼 굴리면
거미가 오른 햇살 번진 바위가 쩍 벌어지며

적막의 주리를 틀 때의 날선 비명을 보태
졸음에 겨운 산고양이를
어룽지는 봄볕의 산길이 받아들 듯이
산신각 처마 밑 기스락물 듣는 데
가만히 웅크린 영모翎毛의 보람이듯이

여름 숲을 나오며

아파트 사이 오솔길 같은 숲을 나올 때
한동안 지워지지 않는 그늘처럼
참매미와 쓰르라미 소리를 엮어 만든 그걸
침묵의 어웅한 방탄복처럼 입고
다시 땡볕 속으로 나올 때가 있네

쓰르라미와 참매미 소리의 씨줄 날줄로 결은 이 그늘 옷을 입
으면
나는 그늘 한 점 없는 광장 염천을 거닐 때도
외계인과 담관의 언어를 몇 줄 풀어낼 거 같은
뭔가 천연의 뒷배를
앞세운 것만 같네

나는 이런 노브랜드 메이커를 걸칠 때가 좋다
유지매미 말매미 쓰르라미 참매미 소리
씨줄 날줄 엇박자로 엮은
소리 그늘의 옷 한 벌
그 왕왕하고 으늑한 눈부심으로

입은 줄 아무도 모르는
내 영혼에 남모를 빤스와 러닝을 걸칠 것만 같은
이 묵묵한 행장을 흘리듯 걸어갈 때가 있네

오목눈이 떼

병꽃나무 울타리 낮은 덤불에
허공의 실타래에서 튀밥 같은 새 떼가 풀려 나오네

두루미 한 마리의
깃털보다 작은 몸매들,
저렇게 재재거리며 희떱게 어디
소리의 시냇물 반주하러 에도나

어디
맘모스만 한 덩치의 활공을 놔두고
프랙털 같은 제 가슴 부듯깃 털만 골라 후우 입바람 불며
그리운 그 동네
그 동네 그 이름 그 눈빛
기꺼이 흘리듯 그곳으로 좀스럽게 더듬어 가는
저 소리의 점자들

가고 오지 않아도 여기 있는
한 덩치의 그늘이

오늘 여울처럼 흘러간 그 동네
설핏 궁금해져 짙어 가는 눈그늘일 때
다시 몸 추슬러
가까스로 맘이 몸의 문지방에 기대 오는
그리운 그 동네 수소문하는
저녁볕 수다들

물의 머리

거실에서 겨울을 나는 산세비에리아와 난초 화분들
목마른 듯하여
물의 용돈을 좀 넉넉히 주었다

얼마 안 있어 수 초 만에
화분 밑에서
갓 태어난 도롱뇽처럼
눈꺼풀 덜 걷힌 그 퉁방울눈처럼
두리번거리는 물의 머리여

물의 머리는 둥글다
성마른 뿌리의 몽니를
적시고 내려온 저 착한 물의 누이들,
채 가르마 타지 않은
저 물의 머리는 둥글다

끝없이 헤매인 목마름 가다듬어
가난한 정인을 찾아가는 물의 연애여

내 메마르고 청처짐한 노래의
늡늡한 뒷배여
때로는 녹슨 서정시를 번졌더라도
이내 찬란한 눈시울의 윤슬로
타오르는 물불이여
물의 머리는 칼끝을 적시고도 둥글다

숲의 척도

숲에서 솔가리가 날려서
근처 너럭바위에 가 떨어질 때
솔가리는 마지막으로 바위의 덩치를 재보다 잠든다

다람쥐는 볼우물 가득 도토리를 물었다
숲 으늑한 곳에 도토리를 묻어 둘 때
홀쭉해진 뺨만큼의 도토리를 우물우물 망각의 혀로 셈해 본다

등나무에서 떨어진 자벌레가
마침 절간 일을 보러 온 도편수의 곱자 위를
온몸을 접었다 폈다 제 몸의 주름으로
일생 눈금이 촘촘한 곱자의 노고를 재어 주고 간다

굳은살이 박인 팔순 할아버지의 손에
네 살 손녀의 손바닥이 마주 포개질 때 웃음이 터진다
손녀의 꼼지락대는 앙증맞은 손이 할아버지 말년을 재어 나
간다

그믐 가까운 별도 달도 드문 밤중에

서편으로 기일게 별똥별이 두엇이나 앞서거니 뒤서거니 그어 나

갈 때

제 필생의 자를 꺼내 어둠을 재며 사라진다

겨울 끝자락 혹독한 견딤만큼 그 고대한 봄의 견적만큼

코끝이 시린 꽃들이 봄의 척도로 피어난다

어디 보자, 복수초 꽃이 잔설을 헤쳐 재어 보고 흐드러진 개나

리는

넝쿨의 줄자로 헐은 축대를 재어 보는 봄날

풀린 샛강 물에 비친 하늘이 제 구름의 치수를 재며 흐른다

청시 | 靑柿

빈 유모차를 끌고 가던 할머니가
다 펴지지 않는 허리를 들어
감나무를 한참 올려다볼 때
감나무의 전생마저 오래 감내하는 것 같다

윤기 도는 푸른 대봉감들은
하관이 빠르고
미소는
옛것인데 신품 같다

그대 말이라면
저 떫고도 떫은 풋것을
우걱우걱 달게 씹는 멧돼지의 식성을
돌연 가져다 쓰고 싶은 날

영원은 참 여러 맛이지
그중에 생의 어느 날은 떫어 보라고
몇 낱의 청시를 끼워 둔 장난기,

저 푸른 떫음을 기다림에 익혀 내길
바라고 바랄 가을 저 언저리,
끝내 기다림은 제 속을 썩혀 달구나

고차수古茶樹

윈난성雲南省 천년이 넘는 차나무에선
무동을 타듯 올라간 사람들이
천년의 앳된 찻잎을 따네
잎을 따러 가시나무에 오르는 염소처럼
차 따는 늙은이를 새끼 염소처럼
그윽이 받아안아 찻잎을 내어 주네

슬하에 대대손손 어린 차밭을 굽어보는 구릉의 고차수,
해마다 앳된 찻잎을 내어
사람들 이목을 제 무량한 젊음으로 모은다
그러다 머리가 파랗게 하늘에 젖어
내려오는 차 따는 늙은이의 치마폭에
어린 찻잎이 뾰로통하니 수북하다

숱한 왕조가 일었다 가라앉고
수많은 나라의 국경이 바뀌는 것을
한자리에서 온 하늘 아래 굽어본 고차수,
고차수 찻잎을 기왓장에 구워

찻잎을 우려먹는 다관茶罐의 그을음에
나는 선뜻 손가락을 묻혀
천년 그대의 이름을 써 보고 싶네

고라니

베어진 들깨밭 옆 지나 적적하니 굽은 시멘트길
길섶에 버려진 빈 벌통 괜히 열었다 닫고
마저 산자락 휘어들 때
인기척에 놀란 산꿩 내닫는 소리인 줄
고개 돌리자, 적갈색 고라니다

나는 멈춘 듯 느려 터졌고 고라니는
몸속에 화살을 당긴 듯 낙엽 밭을 내달리니
이렇게 가까이서 이렇게 모른 척 화들짝 마주치는 게 고라니다

  사랑에 곤란한 이들이 저처럼 빨리 제 번뇌의 자리를 뜰 수 있
어서 고라니다
  뿔 대신 송곳니가 뱀파이어 같다는 그 별명을 알 리 없는 영혼
에 몸이 달린 늘씬한 고라니다
  새 풀도 새싹도 안 돋은 산기슭, 아무것도 없을 것 같은 데서
있을 만한 것을 찾는 이가
  고라니다

적막과 낙엽과 산그늘과 텅 빈 산밭, 인가가 멀수록 제 집이 가까운 걸 아는 숨탄것,

네발 달린 사람이 제 전생을 들킬까 봐 산람山嵐 속으로 사람을 마저 지워 가는 것이

고라니다

뜯다 만 이끼를 송곳니에 걸친 채로 내가 고라니를 봤다는 얘기를 저들도 침을 튀겨 가며 사람을 봤단 얘길 할 게 분명한 게 고라니다

어느 날은 인기척에 놀라 멈칫 고라니 송곳니의 이끼가 적적한 산 공기에 이끼 내음을 번지며 뒤미처 미소 짓는 게 고라니다

아마 한 번쯤 그 등짝을 타고 산골짝 나와 동해 모래밭을 함께 달리다 파도거품을 뒤집어쓰며 놀다 엎어져도 좋은 너나들이 고라니다

아마 우리 몸 바꿔 도시와 산골을 번갈아 살아 봐도 좋을까, 말

하는 순간 내 몸을 뒤집어쓰고 강릉발 서울행 KTX 차창에 앉아
　그 까만 코와 조금 불그레한 내 코를 유리창에 마주 대보는
것이 고라니다

　고라니가 아니면 무엇이 될까 가끔은 사랑의 성깔도 배워서
순애보를 물리고 강짜를 터득한 어느 외주물집 술집 여자가 혹
시 그럴까
　술 먹다 잔 들고 물끄러미 쳐다봤던 그 중년신사도 하관이 빠
른 고라니다

　환생도 윤회도 망가진 자리 같다는 내 삶이, 별 먹을 것도 재미
도 지리멸렬해진 자리에 괜히 헛수고처럼 다니러 왔다 눈길만 스
쳐 간 눈시울 그렁한 곡두들,
　그마저도 아니나 다를까 고라니의 먼 친척 같은 고라니다

빛을 모아 부리는 수목들

저 죽어 가며 살아감을 나무는 제 몸에 들이고
그 옛날로부터 가림 없는 돼지가 그러하듯이
햇빛과 달빛을 번갈아 입고 별빛과 먼동을 속옷처럼 스민 채
바람에게 제 초록을 입히려다 바람을 껴입은 일,
도로 사랑을 옷처럼 벗어주면
더 짙어지는 녹음신綠陰神이 있기에
종내 헐벗음의 계절에 든 것이 황홀하구나
음음한 그 함묵의 울림과 고요에
나를 가만히 기대어 놓는 일이 겨우 묻는다

다 저물고 저문 뒤에도
가만히 울력의 빛을 내는 저 손길의 나무로부터
전갈 받지 못했는가 우리 한번 안아 보자
난처難處에서 잎을 내어 보자 난감에서 줄기를 뻗어 보자
칙칙한 그 수피樹皮로부터 오색 고양이들
영롱한 하늘소들이 뚫고 나와서 하는 말
눈멀고도 터득하는 말의 빛 쬐어 보지 않았는가

가을 가자茄子

가자茄子, 라고 혼잣말하면
저녁에 찜통의 삶은 가지에서
당신 숨 냄새가 난다

부엌에서 나왔다가 다시 돌아가
다시 찜통 뚜껑을 몰래 열고
얼굴을 디밀어 당신 숨 냄새를 쐬는데
가지는 다시 맡아도 좋다
습습한 당신 가지 내음새

가자, 이렇게 덧없이 혼잣말하면
코카서스 산맥 어느 산골마을에
당신이 나보다 젊은 아들을 키우고
계실 것만 같네 우연히 여행길에 마주쳐
어디서 뵌 것 같다 하면
아들 때문에 잠시 다니러 왔다며
날 몰라보는 당신

이튿날이면
가지 삶은 숨 냄새만 흐려 놓고
보랏빛 가지꽃도
늦깎이로 철모르게 피워 놓고
뒤끝 맑히어 가을 가셨다

고령산 高靈山

세살 터울 미취학 어린 두 딸이
지뢰밭 표지판 가까스로 비켜
땀 흘려 악착같이 기어오르던
산길이
아비인 내 등짝 같았어라

구불텅거리고 휘돌고
가파르고 깎아지르고
호젓하고 음예陰翳하니
기쁘게 투정 부리고
앞날처럼 먼 옛날이 푸르러지던
큰 절과 작은 암자를
짝짝이 젖모양 품어 안은
그러나 무엇보다 절창은
긴 물길의 필력을 지닌 계곡인 것

큰물 나고 나서는
전처의 선물처럼 지뢰가 떠내려오고

여름날 눈부시게 흰 개가
검푸른 바위에 서서 제 버려짐을 찬란으로 바꿀 때
유기견은 방금
절에서 견성하고 내려온 한 소식이니라

고령의 산길 오를 때
매순간이 절정인지라 정상은
따로 없었다 두 딸의 이마 정수리에다
그윽이 눈썹 그늘을 드리운 아비 산이니라

오월

오월은
잊고 있다가 문득
뻐꾸기 소리로 계를 타는 날

산 숲에 든 하늘이
대기를 유리 대공처럼 불어
초록의 병들을 늘어놓고
뻐꾸기 소리로 병을 따는 날

화창함이
세상 모두에게 명함을 만들어 주는 날
모든 우울이
확 껍데기 벗겨지는 날

궂긴 이들도
보고픈 이들에게 반은 산그늘 입고
반쯤은 몸을 내어 다녀가는 날

검은등뻐꾸기 울음으로
그대와 물국수를 말아 먹으며
이마에 땀을 들이는 날

산가山家의 모임
― 시간여행자

무릇 지난해 죽은 갈대 밑에서 파릇한 새순이 치받으니
죽을 만치 죽은 것이 망각의 후렴을 마쳤으니
환생과 부활의 조짐은
산 조릿대 뿌리에도 얽히고설켰더니

굴피나무 껍질로 지붕을 이은
그 산의 흙집 마당과 툇마루엔
돌아가신 어머니가 다시 늙어 가시고
아버지는 중풍에 끊으셨던 술을 다시 이으시겠다
누룩을 잘게 부쉈는데 풍에 들린 왼손이
봄 거미처럼 부드럽고 능란했으니
이 일을 어찌 봐야 하나 어리둥절할 때
베란다 좁은 책장 위에 놓은 액자 속 카프카 선생이
좁장한 산길을 내려와 선뜻 내게
검은 페도라 모자에 담은 산밤과 호두를 건네며
우울한 눈빛의 웃음을 마저 건넸다
어웅한 처마 그늘을 밟고 안방의 사내는
나는 이하李賀올시다, 술 좀 하시오

가늘한 몸매에 형형한 눈빛을 휘청거리듯 쏟아내는데
나는 그저 고개만 끄덕였으니 그는
망개 잎에 번들대는 햇빛을 건네듯 절로 박수를 쳤다
뒤란에서 한낮에 파란 알을 낳는 청계靑鷄가 울고
풀 뜯기를 좋아하는 삽살개가
발톱을 길게 길러서는 점괘를 보듯 마당을 긁었다
어이, 이번에는 덩치가 사뭇 건장한
호르헤 루이스 보르헤스가
지게에 풀과 생가지를 한 짐 지고 와
염소 우리에 던져 넣으며 끙, 된 신음 끝에 웃었다
머리에 흰 터럭이 자라난 한용운은
마당에 가득 님, 자만 오리나무 가지로 그렸다
미쳐 가듯 맑게 미쳐 가듯 마당에 맴을 돌았다
아 동파 선생은
자신이 즐겨 쓰던 동파관東坡冠 대신
밀짚모자를 썼다 벗었다 하며
엊그제 잡아 놓은 멧돼지 내장에 산초와 제피 잎을 넣고
버섯 볶음요리에 독주를 마시자고 했다

때마침 소낙비가 개오동나무 너른 잎에 듣는
소리를 파블로 네루다는 잉크처럼 가슴에 찍어 쓰고
장 콕토는 대문 대신 싸리 울타리를 넘다가 엎어져
바닥에 육십 년 키핑해 둔 코냑 술병을 깨쳤다
누구는 웃고 누구는 새침하게 돌아서고 누구는
헛기침을 하며 구름 낀 먼 산을 바랐다
드디어 햇살이 번져서
식탁과 평상 위에 술안주처럼 먼저 놓이고
롱 스커트의 실비아 플라스는 비가 듣는 머리칼
한 줌의 물봉선화를 쥐고 자살 대신 청혼을 하겠다고
혼잣말처럼 중얼거리니 들러리처럼 파초닭이 모여들었다
때마침 산뜻하게 이혼을 하고 온 나혜석은
앳된 스님의 팔짱을 끼며 들어와 축배를 들자고
오늘은 술 좀 마실 수 있겠다고 기염을 토했다
숲 그늘에 가렸으나 거위 소리가 돌을 깨쳤고
브로드스키는 성근 머리칼을 쑥스럽게 넘기며
생선 한 마리를 내밀었다 바이칼호에서부터
자신을 따라온 거라고 했다

눈이 멀었군, 이백李白이 말했으나 사람들은
모두 이하의 흰소릴 줄 알고 쳐다보며 입술에 손가락을 댔다
산까마귀 소리가 해맑았다 독이 가득한 뱀들은
입을 꾹 다물고 오동나무 밑동을 한번씩 감았다 가고
유혈목이는 돌확에 고인 물을 마시다
한용운의 복숭아뼈 붉어진 발목을 스쳐 갔다
시시때때 봉황의 울음소리가 닭소리보다 흔해 빠졌다
저마다 한 점씩 고목 식탁의 안주와 반찬을
입에 넣고 오래된 웃음처럼 우물거렸다
아직 이 산가山家의 시간에 닿지 않은 벗들은
새들을 띄워 먼저 취하고 먼저 이야기 다 풀지 말고
기다리라고 밤중에도 해는 뜨게 할 테니
가만가만 그윽이 기다려 달라고 연통을 넣었다
굴원 선생이 띄운 편지가 염주비둘기 발목에 매어
초저녁에 닿았으나 빗물에 젖어 번져서
안개비 속으로 숨은 산 능선처럼만 보였다

난산蘭山에 들다

바람에 날린 잎새가 마침 귓등을 후려쳤다
멀리 뭍에선 누가 궂겼다는 소식이 악을 쓰며
울음을 참는 웃음소리로 휙 스쳐 갔다
그는 누구인가
작별조차 아득히 물려 버린 바람소리
그러함에 나는 기울어진 난산 간판에
발길이 쏠려 버리는 날이 있겠다
난초 모양의 밭담길을 뚜벅뚜벅 걸어
지루함이 종내 뽑아 드는 그윽함이
빛나는 날이 있겠다

밭담 위로 개가 두 발을 올려
한껏 내다보듯이 인기척을 반김은
새삼 묵은 돌담 위에 차바퀴에 갈린 동돌을 주워 올리듯
개의 두 발이 반쯤은
사람 손이 되어 있었다 이러함에
아 이러함에 난산에 들었다는 귀띔을
나는 첫눈에 든 귤나무 그늘에게 고백하듯

귤빛은 어느새 귤림橘林이 되고
또 청귤나무 야생을 홀연히 따라나서면
조붓한 귤산橘山 같은 게 있겠다
그러함에 홀로 뽑아 든 길 끝에
적적히 난을 치고 있는 너덜겅은
아무도 가리키고 가르치지 않은 곳,
그윽이 해발고도로 받아들이겠다

라일락

소소한 걱정들이 모여
향香을 이룬다 하면
소문은
그대의 눈코와 귀와 입매를 그리면서
드디어는 그 이마에 닿는
어느 입술의 도드라짐을 바라

향의 총채를 흔들어라
향의 총채를 흔들어라

구석진 번뇌, 근심의
묵은 거미줄을
꽃가지에 목걸이처럼 걸어 두리
허공을 타박한 환희의 쓴맛이
잎을 씹을 때 더하여
물빛 라일락을 더 편애하게 하듯

다만 그대는 내 적막에도 물이 올라
향기의 총채를 가만 멈춘 듯 흔들어라

2부 | 산할아버지

교감

오일장에서 산 찐 옥수수입니다
그대와 나는 자전거를 세우고 그늘진 벤치에 앉습니다
옥수수 허리를 뚝 분질러 나누고 입에 뭅니다
내가 그대보다 큰 옥수수를 물어 봅니다
이런 나의 욕심도 가히 좋습니다
이럴 때 꼭 하모니카를 떠올리는 상투성을 아직은
초여름 농담처럼 써먹을 만합니다
옥수수가 내 안으로 야금야금 넘겨 심어집니다
그럴 때 말입니다
길 건너 철길에 기차가 씨익 잇몸이 보일 듯 말 듯
거듭거듭 지나갑니다
빈 철길은 기차를 순식간에 물었다 놓습니다
철길도 뭔가 시장한 음악을 틀었다 껐다는 생각입니다
옥수수의 말단에 내 식탐이 달려 있고
철길의 현絃 위를 기차가 눌렀다 갑니다
서로 모르는 가운데 스쳐 가는 앎입니다
옥수수를 흘려보냈습니다 노란 기차의 음音을 잠시 뜯었습니다

풍란
— 전향

어쩌다 풍랑이란 말 곁에 놀다
풍랑이 풍란으로 그윽해질 때 있어
내 마음이 그렇다
네 눈빛이 그렇다

풍랑의 성깔머리가
풍란 꽃처럼 퐁퐁 터지며
향유고래의 눈빛으로
그렁해질 때가 있다
내 번민이 그렇다
네 눈총이 그러하다

새우란

이태 전 여름날
정발산동우체국 앞인가
정발산동주민센터 앞인가

중고인데
전생의 골동 같은
얼굴이 창백하고
또 조갈이 난 여름 뒤란에
갓 물 끼얹은 듯 물비린내 끼치는
여인에게 사서는 품었으니

고대할 말은 다시 푸르러

그 뿌리가
새우처럼 굽고 연붉다는
이 난초의
푸른 수염은

숲 선생

겨울 근자近者에
선생께서는
곤줄박이 서너 마리와 붉은머리오목눈이 이십여 마리를
마을 인가에 내려보내셨다

나는, 선생의 사신단 일행을 병꽃나무 울타리에서 우연히 맞아
때론 푸른 가시뿐인 탱자울타리에서
괜히 위리안치된 이의 반짝이는 설움으로
저들의 수다스러운 안부를 눈시울에 담았다

선생의 말씀이나 당부는
한번의 여울물 소리 뒤에 공중에 한없이 떠도는 깃털 하나의
들릴 듯 말 듯한 전갈이 전부였으나
긴 겨울 가뭄 끝에 나는 오체투지로
그 섬섬한 침묵의 하산 앞에 하염없이 글썽일 따름이었다

뒤미처 정숙한 동고비 두엇이 다녀갔다
나는 미처 대접할 마련이 없이 물 종지만 내었을 뿐

삶이 적막일 때마다 선생은
산그늘의 목청을 풀라고 산금山禽을 내려보낸다는 정도만
뒤란의 스러진 소란 뒤의 소슬함으로 똥길 따름이다

여기저기 꽃이 벙글었을 때는
선생이 숲에서 겨우내 가꾼 혼신渾身이
세속에 초록의 온도를 좀 올려놓았다는 것만
겨우 눈물겨움으로 엿볼 따름이었다

늦깎이

뿌리너겁이 땅 위에 도드라진 소나무와 같이

숭어를 가득 발채에 얹고 가는 지게와 같이

청설모를 부를까 다람쥐를 부를까
늙도록 젊은 호두나무의 장난기와 같이

바위 위의 부엽토에 뿌리를 서려 두고
늦봄 눈멀도록 꽃이 곤두선 춘란과 같이

제 등짝의 푸른 석이石栮 곁을 스치는 배암에도
두서넛 곰 같은 바위의 알싸한 침묵과 같이

꿈에도 못 찾은 걸 밟히는
돌연 역광이 든 산가의 오동나무 마당같이

이끼 사진사

목이 잘린 동백꽃도 들고양이가 내지른 똥도 벌레먹은 천 원권도 받자 한다

숫눈이 내려 잔설로 석은 백서白書를 싸 둘 초록의 책갑冊甲 같은 여분,

하늘이 높이를 가졌으니 땅 그늘은 넓이를 가져 보자

수사修辭를 털어 내니 오 소슬한 초록의 고요 한마당,

세상 가혹한 발김쟁이에게 때론 죄책감을 지우지 않는 탄력의 매트,

수십억 년 전부터 초록의 양탄자로 반그늘을 번져 오는 은은한 대물림

몇 번의 빙하기와 해빙기를 감쌌던 지구의 홑이불이거나 음예한 붕대,

내가 찍는 건 사소함이지만 이끼와 한 이불을 덮는 때로 헐벗은 지구이지만

푸른 이끼 사이 대상隊商처럼 오가는 개미 떼의 흘림체를 찍는 나는

소소함을 가까이 헤아리느라 고개를 숙이고 허리를 꺾고

다시 바닥에 닿을 만치 무릎을 접는 접사接寫의 내가 있구나, 나를 살피듯 찍게 하는 이끼!

나에게 관심이라는 마음의 셈법을 가만가만 가르치는

어느 날 솔가리가 내려앉고 솔방울이 굴러와 한숨 고요를 익히는

내가 찍는 건 고요와 초록으로 빚은 명상의 매트 같지 이걸 깔면

난폭亂暴이 쪼그라들고 삼이웃만도 못한 정치는 허드렛물로 흘리고

꽃그늘마저 받쳐 주는 이 음전한 고요의 음색에 포커스를 맞추는

아무려나 관심의 발자국, 셔터를 누르는 손에 이끼 냄새가 번져라

돌무더기에서

무슨 바람이 돋쳤는가
앞서 사람들은 소원의 이마가 짱짱한 돌을 얹었는데
나는 떨어져 시든 산철쭉 꽃을 주워서 얹고
소용없는 것을 소용이 다한 듯 다시 얹네

이뤄지긴 멀어도 오래 들여다봐 달라고
소슬하니 돋으라고 돌을 돌의 정수리 위에 얹었는데
나는 솔가리를 흩날리는 바람을 얹는 것만 같네

부질없이 바라는 일이 또 부질없이 흩어지지 말라고
무끈한 돌의 침묵을 고요히 굄질할 때
누구한테는 무른 생각이 골똘하니 돌이 된다는
앞서간 사람들의 귀띔을
신갈나무 잎의 그늘로써 나는 이마에 받아드는데

이 소복하니 많은 돌들의 소원을 놔두고
송홧가루 날리고 삭정가지와 도토리가 떨어지네
때로 살모사가 돌무더기 틈새를 메꾸듯 빠져나가고

다람쥐는 놀란 눈으로 앞발을 들었다 놓듯
진저리 삶은 진저리 그걸 받아 마신 돌무더기의 고요
살아온 날 살아갈 날 사이에 누가 또 돌을 얹네
나는 어디 햇살을 꿔다가 유쾌한 바람에 얹어 놓네

은행나무 그림자의 사랑

한낮으로 주차장은 텅 비었습니다
그제서야
거기 은행나무 그림자가 머물렀음이 오래 새삼스럽습니다
고양이가 제 그림자를 데리고
그림자 요이불 위에 배를 까고 젖꼭지를 낸 채 눕습니다
하늘이 전면적일 것입니다
와유臥遊하는가 봅니다

은행나무 그림자 속에 들어간 고양이는 은행나무의 그림자 식
솔입니다
은행나무 가지가 슬며시 구부러져 팔베개를 해 주다 들입니다
반나절 만에 고양이는 은행나무 그림자와
헤어지며 가만 제 그림자를 끌어갈 때 꽃 같은 울음이 납니다

이번에는 은행나무 그림자를 밟으며
트럭이 배달을 하다 가고 흰색 승용차가 들어와
은행나무 그림자를 네 바퀴로 꽉 밟아 놓습니다
그러함에도 말입니다 은행나무 그림자는

어느새 무참한 차들의 역사轢死를 비켜 놓습니다
제자리에서 어찌 그리하겠습니까
날개도 없는 그림자는 사뿐히 차들의 지붕 위에 올라
무엇이나 하나같이 품어 덮는 듯만 합니다
죽인 줄도 모르고 죽이는 이를 이처럼 가만히 덮습니다
차들이 가고 나면 다시 제자리에 가 눕습니다
오롯이 거기 바람이 서서 부는 걸 추켜세웁니다
별들의 숨결이 거기 새벽까지 숨었다 갑니다
아마도 나는 그러한 생각을 하여 마지않습니다
내가 저 은행나무 곁에 서면 적이 내 등에 좀 업혀 보라
나는 그 그림자를 좀 업어서 천년은 그윽이 웃어 보일 겁니다
가까이는 듣는 이도 있으리라 이 그림자를 울어 보일 것입니다
내 등에 무슨 적멸의 짐승이 업혔을까 아무도 몰라 웃습니다
아무도 몰라 은행나무 그림자는 새처럼 웁니다

산할아버지

굽어보니
세상의 모든 산들은
하나같이 선산先山이지

합장한 할아버지 곁의 할머니
영감 냄새 난다 손사래 칠 때 할아버지 딴에는
아이구 좀 쑤시네 무덤자리
슬몃 빠져나와
이 가래나무 오르고 저 너럭바위 타고 놀다
하늘다람쥐 말간 눈알에
언뜻
영마루 구름처럼 감돌지

오늘 새까만 후배 할아버지가
낡고 헐렁한 포대자루에
솔가리를 푸지게 담아서는
시월의 산타클로스마냥
오월의 포대화상처럼

어깨에 둘러메고는
미끄러지듯 산길 웃으며 내려오네
엉덩이 조금은 헐어서
그 해진 자리마저 웃음이 번져 내려오네

죽순을 기다리며

어령칙해라
전생의 기억 한 줌을 손에 놓고
사금처럼 펼쳐 보니
내게 시집 올 때 당신은
맹종죽孟宗竹이 울창한 건넛마을의 처자,
태어나 대바구니 요람에서
댓살의 그림자 그늘을 이마받이하며
당신 옹알이를 하던 아기일 때
어린 죽순도 덩달아 옹알이하듯 돋아났지

집 근처 대나무에 키재기 눈금을 그어 주시던 할아버지는
죽실竹實을 입에 물고
도산道山의 신선으로 합류하셨고
당신의 키와 정수리를 내려보는 건
어느 때부턴가 나의 심심한 취미가 되었지

드디어 혼사가 닥쳐
강 건너 뗏목을 타고 온 당신이

전사처럼 바주카포 같은 죽순을 어깨에 메고
머리를 길게 땋아 늘어뜨린 채
바닷가 내 수상가옥에 죽순을 내려놓았지

나는 고기를 토해 내는 눈물 그렁그렁한 가마우지
당신은 죽순을 벗기는 순한 왜가리 같았고
그대가 이른 봄 처가에 갔다 올 때
어깨에 바주카포처럼
죽순 포砲를 메고 오는 넉살의 봄이 좋았지
그때 잉어 비늘을 벗기며 난 옛 노래를 불렀지

화살나무

화살을 받아 모시는 일로
땅은 푸근히도 받자하니
화살 끝에 뿌리의 잔발을 돋아 주는구나

고양세무서 울타리로 두른 그 호위가
고양등기소 울타리로 넘어가 마저 에두르니
이 정도 초록의 남발은
새 줄기와 잎잎마다 갱생의 효험이다

애초의 질시와 해코지를 받아든 뒤
그 치명致命을 살뜰히도 푹 삭인 그 너름새여
땅이라면 이쯤해서 제 뽐냄을 돌려
화살에게 연애를 가르치자는 중매쟁이,
화살에게 살수 대신 꽃을 길러 보자는 몽상가,
길고양이 밤새 울음과 발정도 품어 안은
하늘이 날려 주던 화살은 이제
땅이 돌아 내는 목근木根의 족속

아 돌려세웠다는 말이
화살나무 스칠 때 나를 무엇이든 전향케 하듯
옥생각의 화살들 하나씩 뽑아
자투리땅에 그윽이 찔러 주자
초록의 혀를 내민 잎들,
화살받이 애먼 당신께 가만 돋아 주네

강대나무[*]를 위하여

살아 있는 줄 알았는데 죽어 있다
꼿꼿이 선 채
여전히 바람 불면 바람으로 휩싸이고
빛만 바래서 늙어 가는 줄 알았지
한 계절 오래 추억을 되새기는 줄 알았지
그런데 뭐가 다른가
죽어서도 조금만 눈뜬다면
죽은 채 삶을 누리는 자여
새와 나비와 눈비 맞아 어울리고
이슬을 말리듯 해와 눈맞추는 옷걸이여
말없이 오래 능놀다 가는 재미여

어느 날 축축한 뱀이 휘감을 때
서슴없이 내 몸을 쓰라고
슬며시 신음도 내어 보는 목신이여
목마름 지워 가며 제 몸에 벌레의 집을 들이고
폭폭해진 바람에겐 제 가지 하나쯤 화풀이로 꺾여 주고
내 생의 입술 부르튼 잠언인 양

매월당이 향균香菌이라 한 버섯을 돋아 주니
버라이어티, 이건 리얼 버라이어티쇼야
전향을 좀 했을 뿐이네 나무 속에 든 사람이여
죽어 있는 줄 알았는데 살아 있네

* 강대나무: 껍질이 벗겨진 채 서서 죽은 나무의 총칭

족자처럼 숲을 펼쳐

숲을 족자처럼 펼쳐
내 안에 연초록 빛기둥을 슬듯
비스듬히 세우다 가는 이여

반그늘로 이끼만 열대여섯 평
꽃 없이 꽃 피우고 이파리 없이 잎을
번져 놓고 갈 때가 있는 이여

가래나무 고욤나무 그늘 갈마들 듯
가만한 산비탈에
가끔은 유혈목이 배암을 풀어
땡볕 아래 소름을 돋우다 가는 이여

때로는 죽은 강대나무들을
주춤주춤 강시僵尸처럼 일으켜 세워
나와 어깨를 겯고 들판으로 내모는 이여
공터에 한뎃밥을 나누듯 제 전생의 이름을
사향제비나비 향낭에 부려놓고

산그늘 누리장나무 곁을
맴돌아 홀리는 이여

산두꺼비

어느 날의 당신은
법원에 파산 신청을 하고 오랜만에 산길을 걷습니다
앞서 걷던 두꺼비가
어기적 뻐기적 느려터졌습니다

길 좀 비켜 다오
잠시 멈춰 선 당신한테
두꺼비는 비켜 가라 하늘만치
구름만치 묵은 낙엽만치 비켜 가라
당당히 옆걸음을 놓지 않는데
그런 당신은 두꺼비 가까이 쪼그려 앉아 봅니다
노르스름한 배때기와 거무스름한 등짝의 옴들이
오늘따라 청산을 고대하는 부채와 이자만 같습니다
한끝 재복을 덩실덩실 옮겨 준다는 포대화상 같습니다
또 세상에 다 털리고 헛웃음만 남은 허릅숭이 자신만 같습니다

등을 부풀렸다 끄며
삭정가지를 언덕처럼 넘어가는 두꺼비 된 신음이

당신을 마저 웃깁니다 당신이 두꺼비와 눈을 마주치고선
아, 느려터진 웃음의 섬여선사蟾蜍禪師한테
당신은 앞지를 수 없이 길을 내줍니다
그예 당신은 산길의 미소를 그만 주워 들었습니다

토종 벌통을 지게에 지고 산길을 오르는 초면의 사내를 뒤따라감

이 무슨 끌림인지 모르겠으나
이 끌림에 발길을 댄 나를 선선히 기꺼워하였다

토종 벌통을 지게에 지고 산길을 오르는 저 초면의 사내를 뒤
따라감은
산간을 떠도는 산벌들이
바위 그늘 밑에 새로이 놓일 오동나무 벌통에 들기까지
그 벌통에 스민 산그늘처럼 슴슴한 적막의 말을
솔가리가 묻은 머리 정수리엔 듯 주름이 판치는 이마엔 듯
풍미인 듯 가까이 영접해 맛보기 따름인지라

빈 오동나무 환태통 안에 머리를 들이밀고
아, 산벌들아
하고 입말을 울리면
십 년 가도 들 거 같지 않는 그 벌통의 산벌들이
전생에서부터 줄줄이 격세隔世의 목줄을 풀고 혼령처럼 건너올
거 같으다
그런 전생 어디쯤 연두가 남은 잎사귀 빛으로

약속이 어긋난 그대도 더불어 올 거 같으다

그러나 빈 벌통을 자리잡은
그 하나의 일로 그 늦봄의 보람은 다하고
초면인 그의 텅 빈 지게를 건네받아
산그늘이나 반 짐 지고 기우뚱해져 내려오리라
솔바람 소리 대여섯 다발과 배암들 풀 눕히는 소름 두어 됫박
지게 발채에 곁두리처럼 얹어
마저 기우뚱거리며 과묵한 그와의 말을 어찌 터 볼까
괜히 지게작대기로 산길의 동돌을 돌 북처럼 두드리며
시대와 어긋난 사람처럼 내려올 거 같으다

히말라야 산영山影

히말라야 사천 미터 고지를 다녀온 그에게
고지에서 설산의 흰 눈썹과 이마가 바라뵈는
베이스캠프는 숨가쁜 평지만 같았네

소슬한 영험의 설산 머리엔
천산天山의 신령한 혼돈과
태초 휘황한 봉새의 소리가 휘돌았지

히말라야 산허리에서 멈춘 그 등정과
그 하산 후의 떠도는 영험이
그의 마음속 만년 소풍의 기척과
산허리에 나부끼던 바람의 타르초 소리가
마을 뒷산 계곡물에
겹겹의 전생처럼 히말라야 낯빛을 번져 왔지

히말라야 그 깊고 푸른 태허의 그리메가
야트막한 산 개울에도
언뜻언뜻 그 낯짝을 내밀어 올 때는

뜻 모를 마중의 삼엄한 산영이여
세계 도처 산객의 눈에 감도는 눈부처처럼
산모롱이 산국화 그늘에도
데자뷔처럼 히말라야 휘파람 소리가 감돌았네

황금나무 열병식

성당 문 닫혀 되돌아오다
가로수길에 접어든 건 뜻밖의 열병식,
황금잎이 휘날릴 때 열매는 당당히 쿠리다
이 도시 시궁쥐들도 모두 나와
시궁창 내 밴 코를 달리 헹구나니
드디어는 황금나무에 달린 이 회유성 어종의 비늘이
낱낱이 고하고자 하는 황금빛 풍자와 너스레들

진저리 진저리쳐라
별들은 무량신공無量神功의
그윽한 눈총으로 석탄기의 고대로부터
아 맑은 눈물 흐르는 오늘 가을까지
황금나무 서열을 종횡으로 누벼 놓았나니

황금나무 아래 은행을 터는
두꺼비 같은 손등의 노파여
쿠린내 속에 녹두빛깔 쌉싸래한
부처님과 하느님 말씀의 손을 잡자

늙으나 젊은 것들은 황금나무 털리는
이 천하의 수작을 누리는 바
주춤주춤 황금의 카펫 고대적으로 오늘에 걷자

차마 하지 못한 말

그가 화분을 들다 허리를 다쳤다고 했다
삐끗한 허리가 요즘 도지고 있는 중이라 했다
나는, 봄인데 용한 침이라도 맞으라 하고
그리고 기약없이 언제 보자고 전화를 끊었다
그 후로 몇 걸음 길을 가다 생각하느니
화분은 허리 힘으로 드는 게 아니라
그 둥근 화분 허리를 끌어당겨 안는 것이라고
뿌리의 숨은 눈빛을 두 팔로 포옹하는 것이라고
그 뿌리가 길어 올린 초록과 살뜰한 꽃의 눈총을
최대한 그대 가슴까지 식물 속의 동물을
그윽이 끌어안는 것이라고
한 번 든 화분의 내생까지 그 허리를 감고
그냥 풀어 주지 않겠다 귓속말로 약속을 하고서야
가만히 달아나지 않게 동물에서 식물로
그 그늘의 향기를 맡는 자리에
다시 내려놓는 것이라고

3부|

나
무
의
사

샘

저만치 작은 새암이 보였죠
손가락 하나를 거기 담갔다 빼니
샘물이 내 손가락을 쪽 소리나게 빨았죠
샘이 있어요, 말하고픈 내 눈 속에 윙크를 하는 샘,
살모사도 너구리도 여기선 모두 혀를 담그다 갔죠
때마침 까마귀 소리가 미끄럼타듯 내려왔고
하늘 냄새가 새파라니 내 정수리에 젖고
장난기가 발동한 까마귀에게 내 어깨를 빌려줬죠
까마귀가 하는 말도 조금씩 귀에 익으니
들썩이듯 어깻짓으로 내 생각도 더러 건넸죠
가끔씩 번갈아 내 어깨에 내려앉은 까마귀는
이 숲이 내 어깨에 달아 주는 호기심의 견장,
서로 말을 트고 트면서 숲길의 호젓함과
까마귀한테 옮은 하늘 농담을 하루의 보람으로
호주머니에 담아 가는 버릇이 생겼으니
통성명하듯 숲 친구들 이름이 솟는
말간 너스레의 새암을 알아 가죠

죽은 대나무의 환생

푸른 대나무를 몇 개 얻어다 뒤란에 놓고
두 해가 지나니
버들치 빛깔로 변한 대나무인데요
이러니 더는 어쩌지 못하겠어요
창고의 연장들을 꺼내 옵니다

천여 리 밖에서
눈구름이 여장旅裝을 꾸리는 게
꿈자리에 비쳤는가 지난밤 어령칙합니다
그예 줄톱의 이빨을 헤아려 봅니다
단단한 야자수 밧줄도 대령합니다

가끔 역마살에 들썩이는 지붕을 손보려
사다리 하나를 엮어 봅니다
지지대와 발판으로
오랜만에 대나무는 종횡을 누립니다
다 꾸린 사다리를 지붕에 얹을 때 소리가 좋아요
당신도 작은 승천을 누리러 오세요

대나무 자투리가 남아서 어찌할까 겉돌다
후일의 손주들 환심이나 끌까
작은 죽마竹馬를 만들어 창고 선반에 올려 둡니다
쥐들도 밤새 설렐까 모릅니다

속리산

속됨을 어찌 끊나
세속은 품어 주는 것

그러니 부러 속됨한테 별리別離의 문자 대신 초록의 고도를 높
여 가듯
산길은 자꾸 꺾이고 슬쩍 가팔라져 호젓해 가는 것
그대 사랑이 속되거든
더 훤칠한 전나무 숲길과 더 듬쑥한 바위 위의 다람쥐와
길섶의 국수나무 하얀 줄기를 안겨 주려는 것
내려다보면
법주사 경내를 독경의 호리병처럼
허리에 찬 산세의 으늑함이
밤새 계곡물 소리에 풀려나갈까
절간은 탑을 세우고 팔상전八相殿을 훤칠하니 눌러 놓았네

짐짓 산마루 수십 번 올랐음에도
속됨을 어이 끊나 어이 끊어 내나
세속은 맑음한테 이어 주는 것

숱한 나무들 소소한 산바람들
무량한 벌레와 짐승들
저 짐승 같은 초록 속에 연리지 연리목들
속됨은 어이 버리나 세속은 예서 제서 산뱀처럼 스쳐서
서로 소스라쳐 구슬피 반기는 것

포석

베란다 구석에 세워 둔 바둑판에
노린재가 돋아 있다
각다귀가 앉아 있다
무당벌레가 도사렸다
모두 쓸어 내듯 사라진 뒤
먼지와 햇볕이 앉아 있다
그렇구나
그렇구나
그렇구나

세월은, 그렇다는 것이다

내가 신의 대리는 아니어도
한 수 물러 줄 테니
봄의 화장장으로 가는
명부冥府의 한 수는 물러 줄 테니
그대는 그대의 욕망의
선한 숨결을 한 수 되가져가고

나는
한없이 물결치는 호숫가에 선 사랑처럼
연애의 대마大馬를
사방에 홀로 번져 보려는 것
그렇네
그렇네
그렇네

맘은, 그랬으면 하는 것이다

귓불

얼굴 올리기에도 아득한 첫사랑 얘기가
아슴하고 멋쩍을 때는
뺨의 분홍이
귓불로 옮아가라

사탕수수 아작아작 씹은 단물같이
그대 목소리 올까 싶을 땐
한낮 적막인데도
귓불에 노을이 번져 와라

천지의 한 점 습습한 먼지로 이목구비가 돋고 팔다리와 팔등
신이 돋은 나는
내가 가고
내 무덤에 천 번의 봄비와 가을비 오가듯
소슬하니 그리운 생각이 뒤미처
잃어진 내 몸을 찾을 때,
아 허공에 둔 귓불을 만져 보라

서늘하고 뜨거운
그대 혀의 일부 같은

구새먹은 나무

완만한 산길을 걷다가
한 오리나무를 건너다봤지요
가슴에서 우러나온 눈빛을
그 산비탈 오리나무는
가슴의 눈구멍으로 썩어들지 않는 사랑을
홀로 묻는 듯했지요
구새먹어 드러난 입술과 눈과 귀로

오리五里를 지나쳐 가서도
그대의 옆얼굴 그 콧등과 그 도도록한 입술을
떠올리는 일이 드물어진 걸 후회해요
그 오리나무 가슴의 꿈을 그려 봐요
구새먹은 그곳으로
천년의 새가 들락거리며 제 목청을 가다듬어요
그대 나를 모른다 고개를 젓던 찰나에
내 가슴에 뚫리던 구멍도 저와 같지요

난초 유령

겨울 속에 시르죽던 난초를 봄에서야 마저 죽음을 봤다 가벼
움을 보았다
  초록들 속에 짙어 가는 갈변褐變의 세상을 세어 보았다
  난초의 정류장에 깃들었다 또 다른 빛깔의 버스를 갈아타는
난초의 유령을 보았다
  말라비틀어진 뿌리를 버리면서 이 가벼워진 난초의 헐벗음은
  그가 홀연히 떠났다는 여행 티켓처럼 매만졌다
  떠나간 빛깔은 어디에 또 닿았는가 그 연결이 궁금함을 보았다
  나도 모르는 곳에 떠돌고 머물 그 초록의 미소에게 안녕하냐
말 건네 보았다

나무 의사
― 늦깎이

내게 의사 친구는 애초에 없는 팔자려니 했어도
사월 화창한 봄날 아침에
아침부터 전화를 걸어와 의사가 되었다 한다
국가고시 나무 의사 3차에 최종 합격한 친구의 전화에,
어이 닥터 친구, 하고 불렀다
어디선가 꾀꼬리가 봉황의 꼬리를 늘이며
지나가는 것만 같은 봄날

젊은 날의 인체 해부학과 생체 메카니즘의 사람 의사 대신
산판 일과 산림 조사원과 밤나무 임대농을 경유한
친구에게선 내 모르는 산그늘 냄새와
숲의 정령이 귀띔한 나무들의 전생 내력이 업둥이처럼 안겨
오십 줄에도 나무 의사는 이른 늦깎이일까
어이, 나무 의사 친구
어사화 같은 개나리 넝쿨이 흐드러진 날
새삼 오래 늙어 가는 나무들 곁에
동물의 눈으로 식물의 병에 눈썰미가 생긴 친구여

인류보다 오랜 지구의 착생 종족에
나무숲의 심의心醫가 되어 가려는 사람아
어이 닥터 친구, 그 목에 소라껍데기 청진기를
칡넝쿨에 매달아 걸어 주고픈 봄날이네

선지자

숲을 알기도 전에
초록의 좌표를 열어 사막과 전장에
수목의 미사일을 쏘아 올리듯
숲의 요정을 바이러스로 퍼트리는 말,
바람과 새소리 얼얼하니
숲이 번져 내는 내남없는 나무들로
우리 반그늘로 갈마들게 하는 말,

너의 나무와 나의 나무가
명찰을 바꿔 달다 떼어 버리고 세상에 나와도
아무 혼동이 없는 말,
어느 날엔 숲 그늘 예닐곱 단을
푸줏간 옆에 내놓고 팔아도
돼지머리들도 부러워 침을 뚝, 뚝 흘리는 말,
숲을 알기도 전에
모든 숨탄것들 뇌리에 얼마간
여운처럼 숲의 정령이 흐르는 말

산복숭아나무 아래

역병이 지나고 그 산자락을 찾아드는 건
으늑한 상사相思의 숨결 하나 받아 오란 주문이 내 어깨에 붙여서인가

도화살桃花煞, 도화살
생각의 군더더기는 그리 꺼리는 눈살도 좀 있지만서도
저 화창한 생색 앞에선
꽃그늘마저 어찌 아까워 덤덤히 돌아서나

괜히 그 앞에 서성이는 것도 석삼 년 만이지
사랑에 놀람도 없이 지나치는 행색들
누가 이를 말리나 누가 타일러 복사꽃 해사한 그늘에
발치의 잔돌을 이리저리 놓아 봄날의 복기復碁를 마저 보고 가는가
그러니 뜸하고 뜸한 나란 사람보담도
족제비 낮에 어린 도화 그늘이 더 분홍이었을라나
천지간 근사한 생각보담도 몸이 먼저 소름을 키워
바위와 바위의 간격이 좁아지라고 산복사꽃마저 울컥하네

기울어진 산벚나무를 위하여

환한 꽃들을 무섭도록 달고
산벚나무는
뿌리를 반쯤 드러낸 채 기울어졌다
무언가 잔뜩 쏟아 낼 듯
심하게 기울어진 산벚나무는
열심히 없는 벼랑 아래
무섭도록 환한 꽃들을 기울이고 있다

뿌리가 다 드러나도록 기울어지고 기울어지다 보면
죽음이
온몸일지도 모를 텐데
산벚나무는
온몸으로 꽃을 기울여
누군가에게 이리 사무쳐 볼까 꽃의 주전자를 따라 주고 있다

절명이 오기 전에
절창을 피워 내는 게다

어눌한 이 한 몸
누구에게 다 기울이지 못하고
머리만 세어 걸어갔던 길들의 목마름,
저 기울어짐을 몰락이라 부르지 못하겠다
저 기울어짐을 찬연한 몰입이라 부르듯
이제 주름이 지는 이 마음도
처지고 기울어진 마음의 세간을
그윽한 기울임으로 고민할 때

산의 달력
— 매지리

버스 종점에서 시작되는 산골에 와서
내가 매일 보는 것은
첩첩이 다가오고 첩첩이 멀어지는
능선의 밥상을 매 끼니
혹은 매 끼니 사이 받고 있다는 거

또렷한 것과 아슴하고 아득한 거 사이
능선은
몇 첩의 밥상을 물리지 않게 차려 내는
풍경의 수라간이니
가끔 그 능선에서 멧돼지가 새끼를 몰고 내려오고
고라니가 물 마시러 가차이 마실 올 때
눈 호강만 호강이냐
귀도 적막을 풀어야지
까마귀 물까치 소리 난장을 치는 장단이
시끄럽다가 구수해지는 여물 써는 소리로 번질 때

내게도 산의 달력이 걸려선

고라니를 본 날과 고라니를 보지 못한 날로 나뉘고
두더지 두둑을 꾹꾹 눌러 밟은 날과
저것도 한 지하생활자의 창작일 텐데
두더지 두둑을 비켜 밟은 날로 나뉜 날짜들
솔바람을 품은 날과
솔바람을 등진 날,
나의 달력에 밤새 저들도 끼워 달라
밤의 베란다 창가에 나비눈을 뜨다 갔을
기타其他 새벽별들

여백이 많은 너희들의 차지로
나의 달력은 한 장이 아닌 겹겹의 능선들,
아마 그러한 기타 등속에
나도 짐짓 창가의 동돌처럼 숨 고르고 있나니

산 머위 밭의 발색發色

먹물로 몇 자 쓰고는
붓을 씻느라 거메진 물을 산방山房의 창문 밖으로 뿌렸더니
무턱대고 나비물을 주듯 뿌렸더니만
그만 거기 봄이 먼저
초록의 피를 수혈한 머위들의 필획이
둥글게 올라와 있었다

아뿔싸, 이를 어쩐다
다른 허드렛물도 아닌 먹물의 소나기를 뒤집어쓴
산 머위 밭에 내심 고개를 숙였으나
화가 치미는 쪽은 머위들이 아니라
우둔한 필봉의 바로 나였다

그러고 한참 뒤 다시 내다본 머위 밭에
먹물을 제 초록에 잘 받아 입힌
머위들이 괜찮다 빙그레 웃는 거였다
초록 일색보다야
먹물을 달게 받아 마시고 입힌

머위 거사居士의 거뭇하니 파릇한 입성 앞에
내심은 한 수 크게 습량하였다

머위 거사여 괜찮다니
내 웃음은 그대로 그대 잎에 드리네
한철 거세진 여름날 소나기도 싱겁거든
내 먹 사발을 흩뿌려 나비물로 다시 기별하리다

숲의 묵서를 내다보다

충주에서 나무 의사 돼 올라오는 친구에게 써 줄 요량으로
종이를 길게 폈다 그리고 먹을 적셔 붓을 대었다
글귀 중간쯤 써 나가다 보니, 간격이 조여
여유가 없고 숨통이 갑갑해 보였다
부욱 찢고 졸필의 한숨을 쉬었다

그래 한숨 끝에 거실 밖 신갈나무 숲을 내다보니
거기 새삼 수묵水墨의 간격이
자라고 있었네 연두에서 초록으로 항차 신록과 녹음으로
새뜻한 몰골의 묵법墨法을 허공에 열어 나가듯
나무들 간격이 얼마나 훤칠한 숨통인지
등산객과 청설모와 솔바람과 번민과 수다가
잘 빠져나간다 잘 빠졌다

새로 펼친 종이가 나를 보고 숨을 고르듯
백면이 이제 나를 받아 쓰겠지
나는 그 숨길이 막히지 않게
붓끝에 눈과 귀와 손이 돋아나길 기다렸다

저 신갈나무 숲의 초록 묵서들,
배우느니 천연 법첩法帖으로 생동하느니

나무 의사
ㅡ 촉진(觸診)

시르죽는 병든 나무 한 그루를 돌봐 고쳐 주면
이미 궂긴 사람들 더불어 여기저기 시르죽는 사람들
여든 명의 아흔 명의 사람, 백에 백 사람들 차차 병들어 감에
나무가 서서 굽어보며 손 내밀리

황무지나 아스팔트와 사창가 골목 입구에
이팝나무 한 그루 꽂아만 줘도
변절이 없는 석학碩學의 그늘을 드리운 것,
그 나무 중동에 못질을 하고
빨랫줄을 걸었던 무례함을 후회하기만 해도
중동에 박혀 구부러져 녹슨 못
다시 펜치로 뽑기만 해도 나무는 전생을 다 내줄 것

재개발지구 다 허물어진 담벼락에
봄 아지랑이를 뒷배로 개오동나무 자란 것
그 너른 잎새에 잠시 손바닥을 포개기만 해도
인기척이 성장호르몬처럼 반가운 나무들,
도시와 매연에 시무룩한 가로수에

스테플러로 광고지를 박는 사람들이
한 번만이라도 플라타너스 몸속에
사람의 목소리가 잠겨 있을 거라 떠올리기만 해도
그는 어느새 그윽한 나무 의사 인턴이 되는 것

그런 의미에서 지나가다 문득 나무와
어깨를 견주거나 허그를 하거나 허리를 기대기만 해도
나무와 행인은
서로를 촉진觸診하는 서로의 소슬한 의사가 되는 법,
나무들만 살리고 사람만 따로 죽지 않으리
사람들 죽는 데 나무만 싱싱 태연하지 않으리

산그늘 운동장

폐교의 운동장 가에는 아카시아나무 둘러 섰지
오월의 벌들이
아이들 대신 채밀採蜜 수업이 한창인데

길어진 산그늘이
군입정처럼 아이 없는 운동장에
혹등고래의 지느러미를 늘이고

모처럼
머리가 벗겨진 반백의 중년 사내들이
집 나간 둥근 말벌집을 따서
공처럼 몰고 차며 미니 축구를 벌이는

폐교 뒤편으로
노란 송홧가루가
다식茶食을 잘 만들던 할머니 무덤 쪽으로
꾀꼬리 날개처럼 몰려가는 한낮

낙과

청평사 뒤편 오봉산 적멸보궁 지붕에 떨어지는
키 훤칠한 쪽동백 열매이고 싶을 때

우리 동네 주엽성당 첨탑에 새똥 대신 떨구는
미제 구형 헬리콥터에 싣고 다니는 고욤나무 고욤이고자 할 때

가 보진 않았지 그래도 가 본 양
이태원 이슬람 모스크 돔 위에 미끄러지는
무화과의 환호성이고자 할 때

뚜껑이 확 열린다는 말
지붕도 여닫는 문이면 하늘이 내는 눈과 비와 우박과
별과 달과 해와 함께
우리가 받아야 할 치마폭은 영혼이듯

낙과를 길어 올리기 위해
홀로 적적하니 나무가 애쓰는 밤에
박명을 번지고 번진 나무들 훤칠한 지구의 낮에

리듬

춘란 화분 운두에 오른
꼬마 거미가 통통 튀는 것도 기적이듯
사월도 끝물인데
콩고물같이 자잘한 느티나무 꽃들
흩날리는 아침을
오십 줄에 처음 눈에 반기니
어디서 어린 뱀의 눈꺼풀이 떠지는
스티커처럼 떼어지는 연둣빛 그 소리 들리니

짧은 악수에도 하루가 열리는 골목의 빛 여울
벌써 빗자루질 소리는 그치고
근동까지 잔파도 소리가
빈 의자에 엉덩이를 앉혔다 미끄러지는 데로
가만히 귀가 열리니

고장나도 좋은 사랑의 물질이
내게 있느냐
환한 적막이 묻는 거 같았네

나는 라일락 모여 핀 꽃차례에
리듬이 산다고 눈길을 주었네

느릅나무 그늘 밑에 쉴 때는

느릅나무 그늘 밑에 쉴 때는
전생과 내생이 한자리로 물들어 오듯이
내가 남방원숭이이거나 그대가
도시와 산야를 떠도는 객승이거나
마초의 시인이거나
좀도둑을 사랑한 계명워리이거나
시를 써 볼까 요가를 배워 볼까
애인의 옆구리에 간지럼을 태우는 사기꾼이거나
제주 남문시장 호떡장수 사내의 묵묵함이거나
횟집 앞에서 호객하는 여리꾼이거나
이웃한 모든 것들에
이웃한 모든 돌멩이이거나
술 취해 현생을 까먹고 전생을 헤매고 온 취객이거나
어느 날 목줄을 풀고 홀로 가출한 삽살개이거나
명상이라면
음탕한 날의 구름을 음화로 그리는 화가이거나
한 달 만에 파혼에 든 시무룩한 남녀이거나
속 날개가 부러져 평생 걸어 다니는 염주비둘기이거나
고무 튜브를 입고 시장바닥을 기는 구걸꾼이거나

왕년이 화려한 다솜호프집 여주인이거나
노인인데 아이를 품은 치매 노파거나
전립선암에 걸린 도산한 기업 회장이거나
베스트셀러에 미련을 못 버린 출판사 사장이거나
젖소의 엉덩이 똥 딱지를 떼는 목부이거나
그러나 아무것도 아닌 무명소졸
그 무명의 안락을 한 줌 쥐고 사는 농투성이거나
파산 신청한 마른 눈물의 누구누구이거나
세속의 사랑을 택한 신부이거나 청바지를 좋아한 수녀이거나
거의 주말마다 복권을 사고 찢는 요행이거나
은행 앞에 박쥐우산을 받치고 소꿉장난처럼 채소를 파는 노
파거나
난초를 죽이며 새 촉을 바라보는 어느 날의 나이거나
조랑말의 잔등 넘어 수평선을 바라보는 테우리거나
느릅나무 그늘 밑에 쉴 때는
그 아무것도 아니어도 착한 눈물이여

어쩌는가 보라 그대도 어느 전생에서는
그러한 무슨 느릅나무 한 줄기였는가 보라

숲 선생으로 오기까지의 슬픔과 기쁨

김윤이 (시인)

숲 선생으로 오기까지의 슬픔과 기쁨

(어머니, 당신은 옷이 없다. 내 영혼의 잠옷인 당신, 옷 대신 꿈으로 내 잠을 파고든다. 하지만 당신, 난 당신조차 솎아내고 있어요.)

— 유종인,『아껴 먹는 슬픔』표4에서

1. 식육의 아들에서 아버지로의 전향

"모든 사랑은 近親相姦처럼 붙어 있는 고통의 잎을 하나하나 떼내어보는, 솎아내기의 일종이 아닐까"(시집『아껴 먹는 슬픔』표4)라는 다분히 자학적인 말을 내뱉으며 고통을 무릅쓰고 어둠을 걷는 한 시인. 그의 젊은 날을 나는 시집으로 기억한다. 1996년, 스물아홉의 나이에『문예중앙』으로 등단한 시인. 힘겨운 가족사로 1990년대를 관통당하고 탄생시킨 첫 시집 『아껴 먹는 슬픔』(문학과지성사, 2001)을 나는 인천의 수봉공원에서 허기진 듯 허겁지겁 읽어 댔기 때문이다. 밀레니엄 시대의 서막을 알리는 신호탄보다 인적 드문 인천의 한 고지대에 위치한 공원에서 한 권의 시집이 토해 내는 광기에 몸서리치며 몰입하고 있었다. 그것이 이십 대를 마감하는 그의 시간이자, 슬픔과 좌절로 이십 대를 시작하는 나의 시간이었다. 그리하여 이십 년이 지나서도, 1968년생으로 인천에서 태어나 수원과 용인 등지에서 유년 시절을 보낸 한 시인의 슬픔의 근원을 집요하게 추적해 보려는 것은, 그야말로 내가 아껴 먹듯 읽어 내려간 『아껴 먹는 슬픔』의 고통이 어떻게 승화되었는지 밝히기 위해서다. 예컨대 유종인의 첫 시집은 그가 고통으로부터 예기치 않은 방식으로 성장했다는 사실을 보여 주고 있기 때문이다.

생이 갖는 회복탄력성(resilience)은 그를 응당 어둠에서 양지로 끌고 갈 것이었지만, 유종인의 첫 시집을 새삼 상기하는 것은 오늘날 그의 감응이 어디에서부터 어떻게 발현되고 변모되었는가를 가늠해 보기 위한 의도에서 출발한다. 그런즉, 『아껴 먹는 슬픔』을 경유해 도달하는 지점에 주목해야 할 것이다. 시세계 전반을 이해하는 과정이 매우 지난한 일이 되었다고 보이는 현시점에 있어서도 유종인의 시집 간의 간극은 새삼 독특한 시간체험을 선사한다. 달리 말하여 가정과 사회 그리고 세계를 역전하는 한 사람의 힘이 첫 시집부터 강렬했

다는 데에서 주목할 만하며, 이것이 왜 지금의 시간에 도달했
는가를 천착해 보는 것 또한 중요하다.

오랜만에 밑살 빠지려는 다락에 올랐다
어머니 돌아가시다 바로 가버리신 뒤
깃동잠자리 날개 같은 처녀 적 푸른 치마
저고리가 내 아랫도리를 두르고 내 팔뚝에 꿰진다
몇 번을 입었기에 이리도 옛날이 고운가!
그만큼 버려졌겠지, 곱게 묻혔겠지
살 내음보다 옷 내음이 저 혼자 세월 겨른 어머니 푸른 날개옷
하늘에 버리지도 못하고 이내 태워야겠지
꿈자리를 밟고 다니는 치마 저고리에
맑게 맑게 가위눌려 납작해진 이 땅에서
포경한 성기 끝에 노오란 고름이 맺히던 날,
누군 고름도 없이 죽었다 죽어 나갔다 그 집에
어머니를 닮은 여자가 해설피 웃다 울고 있었다
지상에 꽃이 오래 피지 않는 건 저 미친 누이 때문만도 아니다

내가 어머니를 잡아먹었어요, 어머니
희미한 미소로 내 食慾을 기특해하셨죠 수백 수천 번
내 머리를 쓰다듬어 내 욕정에 따뜻한 웅덩이를 파주셨지요
당신 먼저 덤빌까 봐 먼저 내가 어머니를 잡아먹기 시작했어요

제 몸을 뭉치며 타들어가는 옷가지들
어서어서 죽어야지, 어서 물불을 안 가리는 날이 와야지!
까맣게 탄 어머니의 틀니, 저것만 무덤 밖에 남았어요
저놈은 내가 발라먹은 어머니 마지막 갈비뼈 토막 같았어요
그래 잡아먹은 어머니 맛이 어땠냐구요?
죽여줬죠. 정말, 죽여줬어요. 어머닌 내 영혼의 입맛이었어요
당신을 먹여 날 배우게 했던 거죠

틀니에 붙은 가짜 어금니를 시퍼런 잡풀로 문질렀어요
다시 피가 그리웠어요 어머니가
악마처럼 그리웠어요 난 아직 당신을 잡아먹은 맛을
영영 잊을 수가 없어요 거리의 여자를 불러 가만
당신의 틀니를 끼워보게 해요 그게 당신을 불러내요
잠깐씩 어두운 구름 속에서 은빛 찬란한 틀니 같은 햇살이
마구마구 쏟아져 나오네요 그렇지만 잠깐인걸요
내가 잡아먹은 어머니, 당신처럼 오래 날 犯하고 있진 않은걸요
　　　　　　　　　　　　　　　　　ー「狂人日記3 ―옷 혹은 틀니」 전문

　우선적으로 유종인의 첫 시집을 감싸고 있는 강렬한 환각
의 파토스(pathos)를 살펴보기로 한다. 작품의 특징은 예술
성 이전에 근저에 놓인 가족에 대한 애증의 감정으로부터 발

생한다. 주로 현실과 환각이 뒤얽힘으로써 발생되는 그로테스크는 시집 도처에서 가족사의 고단함과 더불어 신경증적 병인의 한 단면을 보여 주는 방식으로 나타난다. 오이디푸스 콤플렉스로 언급할 수 있는, 상징계로의 진입이 실패된 주체의 환각과 고통이 전면적으로 부각되는 시집이라고 할 수 있는데, 고통스러운 발악으로 점철되는 작품들은 시종 엄청난 가학(또는 피학)적 속성을 분출한다. 다시 말해 19세기 사실주의 흐름 속에서 현재성이 확보되었던 그로테스크가 한 가족의 비극적 모습으로 구현되며, 이것은 마치 발악과 위악으로 무장된 무대극처럼 잔혹하게 비틀린 정황으로 의식에 갇혀 있는 모습을 보인다고 할 것이다.

인용시 「狂人日記3 —옷 혹은 틀니」를 보자면 다음과 같다. 일차적으로 대상인 어머니는 죽은 어머니로서 '나'는 이같은 어머니의 환영에 포박되어 있고, 어머니가 죽어 나간 집에는 어머니를 닮은 미친 누이가 어머니를 대신해 살아간다. 시집을 대표하는 인용시가 말해 주듯이 시집에 구현되는 삶들은 거의 병동에 갇혔거나 스스로를 가둔 형태로 존재한다. 위로나 안식을 주는 처소로서의 가정은 일찌감치 삭제되었기에, 병인적 세계 속에서의 맥락은, 극단적으로 어머니를 잡아먹었다는 식육(食肉)에서 거리에서 몸을 파는 여자의 몸뚱이(人肉)를 암시하는 현장으로까지 치닫는다. 자신은 어머니를 잡아먹고 어머니는 누이의 육체를 소환해서 자리하는 형상으로 환원되는, 물고 물리는 원환상 관계는 근친상간의 몸들로서 "욕정"의 기이한 풍경을 만들어내는 것이다. 게다가 작품은 "그래 잡아먹은 어머니 맛이 어땠냐구요?"와 같은 돌발적인 물음을 통해 현실에 동화되지 못하게 하는 소격효과를 주고 있다. 당연하게도 이러한 발화 역시 리얼리스틱한 존재 방식을 없애기 위한 것일 따름이다.

요약컨대 방탕한 근친상간과 폭력화된 카니발리즘적 상상력은 궁극적으로 죽음이 지배하는 삶의 속성으로 사유화된다. 살아 있는 '나'의 삶을 식육하듯 잡아먹은 어머니의 죽음은 '나'에게 악마성을 부여하는 형태로 나타나게 된다. 종국에는 "피"를 탐하고 "어머니"를 악마처럼 그리워하는 모습인, 가학/피학이 뒤얽힌 악몽적 현실의 탄생이다. 뱀파이어리즘적이고 종말론적인 삶은 이처럼 환상과 현실 그리고 육욕과 흡혈의 착란과 착종 속에서 구현된다. 이같이 주체가 어머니를 공상적으로 체내화하여 합체된 모습은 다음 인용시처럼 누이에게서도 발견된다.

망할 년은 오래 산다 망할 계집은 더 이상 망쳐놓을 사내가 없어 내 등에 업혀 마른 울음을 떡처럼 돌린다 異腹 누이는 살가운 불행처럼 스쳐간다 바람이 살짝 망할 년을 건드리면 망할 년이 천년을 망할 기세로 하느님을 들었다 놨다 達磨의 불알을 주물럭거렸다 아이구 불알 썩는 내! 어머니 무덤 속에서 한 번 더 머리가 둥글게 빠진다 여

기가 감히 어디라구, 누이가 세 끼를 한 끼로 시간을 버무려 먹을 때,
나는 늘어지게 붉은 낮잠을 잤다 잠꼬대로 몇 번씩 빈 식칼을 들었다
놨다. 하지만 여전히 속이 검게 탄 솥의 불안을 사타구니에 끼고 앉
아있다 송곳처럼 닳은 순갈로 밥알의 눈알을 찔러대고 있다 다 먹어
볼 거야 다 먹어치울 거야 네 몫이 좀 줄겠지 하지만 조금 더 힘내서
미치겠다는 누이, 갈 데까지 가서 빈 그릇으로 달그락거리며 빈방에
쭈그려 앉아 새벽을 맞는 늙은, 눈물이 마른 갈보 같은 그러나,

　　　　　　　　　　　　　　　　　—「狂人日記6 —食貪」전문

　유종인의 초기 시에서 시적 주체는 죽은 어머니, 다시 말해
살아 있지 않은 부재하는 어머니에게서 분리되지 못한 채 상
상계에 머물러 있다. 그런데 이러한 극단적 상태는 '나'뿐만
이 아니라 '누이'에게서도 발견된다. 미쳐 가는 '누이' 또한 어
머니를 욕망하고 동일시하는 상태로 고착되어 있기 때문이
다. 그러한 까닭으로 인해 인용시 「狂人日記6 —食貪」의 부
제인 "식탐"은 오이디푸스적 주체(Oedipal)의 구강적 욕망으
로 읽히며 시의 맥락 역시 아껴 먹는 슬픔을 실행해 나가는
역설적 태도로 해석된다. 광기로 몸부림치는 비극적 가족사
는 이처럼 구강적 욕망과 자기비하적이고 모멸적인 언술로
나타날 수밖에 없는데, 그러므로 "망할 년"으로 지칭되는 누
이는 "천년을 망할 기세"로 신성모독적 행위를 쉽사리 자행
하고 "達磨의 불알"을 주물럭거리는 능멸도 서슴지 않고 보

이게 된다. 그런데 앞서도 언급했지만, 누이는 부재하는 어머니에게서 분리되지 못한 상태로 머물러 있는 인물이기에 누이의 행위는 곧 어머니의 행위에 다름 아니며, 이로써 작품에서 의문시되는 어머니의 시행이 해명된다. 누이로 현신하는 어머니가 모든 걸 먹어 치우려는 광기의 소행을 벌이는 것이며 또한 갈 데까지 가 보자면서 발작한다고 해석할 수 있기 때문이다.

상술한 것과 같이 시집은 가족사로부터 발원하는 삶을 압도하는 죽음의 형태지만 그 외에도 죽음의 공포로서 그로테스크한 사회를 담아낸 작품이 발견되기도 한다. 가령, "通過만으로도 상처가 되는 길"(「건널목」)이라는 섬뜩하고 기괴한 건널목은 "텅 빈 우물을 싣고 가는 완행버스"가 지나는 길로 그려진다. 그러나 "우물"로 파악되듯이 건널목은 앞선 작품들과 마찬가지로 현실에서의 건널목이 아니며 실상 수직으로 하강하는 우물의 바닥을 향해 질주하는 길을 의미한다. 그의 초기 시세계에서 난해하고 기괴한 이미지들은 죽음의 "脫線"(「건널목」)만을 위해 계속된다고 할 것이다.

이제 『아껴 먹는 슬픔』을 경유해 도달한 지점에서 묻기로 하자. 이처럼 비극적 가족 서사와 광기와 죽음에 경도되었던 한 젊은 시인은 이제쯤에는 오이디푸스 콤플렉스의 통과제의를 마치고 상징계로 진입하였을까. 결론적으로 말한다면, 적잖은 세월과 그에 따른 작품집을 거쳐 도달한 현재의 지점은 그렇다, 라고 말할 수 있을 것 같다. 이를테면 고통과 광기가 흘러넘쳤던 세계는 시인에게 더 이상 자리하지 않으며, 삶과 죽음 그리고 가학과 피학의 이항대립적 관계도, 불과 바람으로 광기를 증폭시키던 기제도 지금은 엿보이지 않게 되었다는 것이다.

가자(茄子), 라고 혼잣말하면
저녁에 찜통의 삶은 가지에서
당신 숨 냄새가 난다

부엌에서 나왔다가 다시 돌아가
다시 찜통 뚜껑을 몰래 열고
얼굴을 디밀어 당신 숨 냄새를 쐬는데
가지는 다시 맡아도 좋다
숨죽여도 가지 내음새

가자, 이렇게 덧없이 혼잣말하면
코카서스 산맥 어느 산골마을에
당신이 나보다 젊은 아들을 키우고
계실 것만 같네 우연히 여행길에 마주쳐
어디서 뵌 것 같다 하면
아들 때문에 잠시 다니러 왔다며

날 몰라보는 당신

이튿날이면
가지 삶은 숨 냄새만 흐려 놓고
보랏빛 가지꽃도
늦깎이로 철모르게 피워 놓고
뒤끝 맑히어 가을 가셨다

—「가을 가자(茄子)」 전문

　이번 시집에 수록된 시 「가을 가자(茄子)」를 보면 전작과
는 너무나 다른 어머니의 모습이 형상화된다. 시에서 한자어
가자(茄子)라 쓰이는 가지는 어머니를 환기시키는 매개물로
작용한다. 그리고 가지의 가자에서 좀 더 확장된 의미로서의
'가자'는 청유형으로 적용될 것인데, 이것은 마치 고시조의
한 구절 '청산 가자'처럼 이상적 세계를 꿈꾸는 모습으로 간
주되기도 한다. 요컨대 「가을 가자」에서 "당신 숨 냄새"라는
푸근하고 따뜻한 내음은 독특한 시간체험으로 변환된다고
하겠다.
　냄새로부터 끌어 올려진 당신에 대한 회상은 이윽고 다른
시공간에 투영된다. 그러므로 "나보다 젊은 아들"의 모습으
로 그리고 "여행길에 마주쳐"도 몰라보는 모습으로 어머니와
의 만남은 이뤄진다. 시행들은 어머니의 죽음을 수용하지 못

해 고통스러운 지난날과는 전연 다른 그리움의 시간으로 해석된다. 기존의 방식과는 다르게 "뒤끝 맑히어" 가신 가을처럼 어머니는 순환적 흐름 속에서 이해된다. 그러므로 오늘날 더한층 미적 대상성이 격변한 사회 속에서 도리어 인간적 질서로 편입된 시인의 시세계가 아닌가 짐작하게 된다. 또한 수십 년을 거쳐 시인이 생태성으로 변모한 양상도 어렴풋이 감지하게 된다. 그럴 것이다. 시인은 죽음을 순하게 받아들일 수 있는 경지에 도달한 것이 틀림없다. 그렇다면 이처럼 고통의 범속함도 일깨우며 가려는 시인의 의지는 이제 어디로 이행하는 것일까.

2. 전향, 그의 미메시스 능력

박수 소리를 듣는다 그 수도가 박힌 마당은
수도꼭지를 틀 때마다 콸콸콸 물의 박수를 쳐 준다
꾸지람을 듣고 온 날에도 그늘이 없는 박수 소리에
손을 담그고 저녁별을 바라는 일은 늡늡했다
그런 천연의 박수가 담긴 대얏물에 아버지가 세수를 하면
살비듬이 뜬 그 물에 할머니가 발을 닦으셨다
발등의 저승꽃에도 물을 줘야지
그런 발 닦은 물조차 그냥 버려지지 않는다

한 번 박수를 부은 물의 기운을

채송화 봉선화 사루비아 눈치 보는 바랭이풀 잡초까지 물너울을

씌워 주고도

박수는 아직 끝나지 않았다 반쯤을 남긴

세숫대야 물을 내게 들려 손님을 맞듯 대문을 여신다

뿌리거라, 길이 팍팍해서야 쓰겠냐

흙꽃에게도 물을 줘야지

최대한 물의 보자기를 펼치듯 헹가래를 치는 물

마지막 박수는 이렇게 들뜬 흙먼지를 넓게 가라앉히는 일,

수도꼭지가 박수쳐서 보낸 물의 여행은

아직도 할머니 발등을 적시고 유전(流轉)하는 박수 소리로

길을 떠나 사루비아 달콤한 핏빛에도 스며뒀으니

실수하고도 박수를 받으면

언젠가 갸륵한 일들로 재장구쳐 오는 날도 있으리라

끝없이 마음의 꿀을 물어 오는 저 물의 호접(蝴蝶)은

어느 근심의 그늘 밑에 두어도 내내 환하다

—「나비물」 전문

시집 『숲 선생』의 시적 사유는 유년 체험인 순수지각으로
서의 기억으로 설명될 수 있다. 이를테면, 인용시 「나비물」에
서는 마당의 수도꼭지를 틀 때마다 콸콸콸 쏟아지던 물의 의
인화로 박수 소리가 생동하는데, 물은 한 집안에서도 점차로

이동하며 그 쓰임새를 달리해서 만물에 영향을 미치게 된다. "그런 천연의 박수가 담긴 대얏물에 아버지가 세수를 하"고 나면 그것을 다시 할머니가 사용하는 방식은 아직도 유전(流轉)하는 박수 소리가 세계에 참여하고 있으며 그로써 재음미될 수 있는, 다시 말해 물활론적(hylozoism) 사유와 맞닿는다 할 것이다. 흙먼지의 방언으로 쓰인 흙꽃에게도 물을 주는 넉넉한 행위는 만물이 생명을 지니고 있음을 알려 주는 메시지이기도 하다. 만물의 시초와 그로부터 탄생된 모든 심리작용은 운동으로 환원됨으로써 물질은 살아 있는 것이 된다. 그러므로 "끝없이 마음의 꿀을 물어 오는 물의 호접(蝴蝶)은" 시인의 각성과 성찰에 다름 아닐 것이다. "어느 근심의 그늘 밑에 두어도" 환한, 기쁨에 대한 기대가 물질의 탐색 과정 속에 묻어난다. 요약컨대, 청자이자 동시에 화자로 설정된 주체는 유년 주체이면서 어른인 '나'다. 고통과 슬픔의 세월을 관통하여 도달한 현재 즉, 전향된 그의 미메시스 능력을 발휘하는 지금의 모습이라 하겠다.

미메시스적 태도로 주변의 사물을 바라보는 시인의 시선은 어린이의 시선과 같다. 벤야민은 일찍이 사물들 간의 유사성을 생산하거나 지각하는 능력을 미메시스적 태도로 파악했다. 이것은 현대문명의 합리적이고 이성적인 사고 이전의 아이들의 유년 시절에서 자연과 자연스럽게 하나가 되는 융합적 경험을 하게 된다고 보았기 때문이다. 유사성으로 발견되고 구축되는 세상은 주체와 대상의 분리가 아니라 주체 스스로가 사물이 되기도 하고 대상이 의인화로 변형되기도 하는 등의 비이성적이고 비합리적인 변환의 순간이 된다. 그러므로 궁극적으로 미메시스 능력의 발휘는 자연과 사물에 응답하는 교감의 순간이며 말 없는 존재와 마음으로 소통하는 기쁨의 사건이라 할 것이다.

여기에서 잠시 짚고 가고자 한다. 비단 시간적 변화가 보여 주는 모습 때문만이 아니라 『숲 선생』에 등장하는 '전향'이라는 용어를 상세히 살펴볼 필요가 있어서다. "아 돌려세웠다는 말이/ 화살나무 스칠 때 나를 무엇이든 전향케 하듯"(「화살나무」)이나 "전향을 좀 했을 뿐이네 나무 속에 든 사람이여/ 죽어 있는 줄 알았는데 살아 있네"(「강대나무를 위하여」)를 통해 파악되는 '전향'은 돌려세웠다는 의미의 한 행으로 성찰적 비유로 표현된 것이지만, 실상 그것이 놓여 있는 중심적 사유는 시집을 설명하기에 적합한 특징적 요소를 제공한다. 예컨대, 고단한 유년의 기억에서 죽음에 침윤되었던 회상적 존재들이 유년의 흔적으로 다시금 소생되어 시인을 회상의 주체로 거듭나게 하고 있는 까닭에서다. 과거와 현재 그리고 미래라는 시간의 연속적 흐름 속에 놓이지 않고 빈번히 중첩되는 유년의 회상은 시집의 시간 의식으로 부상한다.

아파트 사이 오솔길 같은 숲을 나올 때
한동안 지워지지 않는 그늘처럼
참매미와 쓰르라미 소리를 엮어 만든 그걸
침묵의 어웅한 방탄복처럼 입고
다시 땡볕 속으로 나올 때가 있네

　　　　　　　　　　　　　　　—「여름 숲을 나오며」 부분

어디
맘모스만 한 덩치의 활공을 놔두고
프랙털 같은 제 가슴 부등깃 털만 골라 후우 입바람 불며
그리운 그 동네
그 동네 그 이름 그 눈빛
기꺼이 흘리듯 그곳으로 좀스럽게 더듬어 가는
저 소리의 점자들

가고 오지 않아도 여기 있는
한 덩치의 그늘이
오늘 여울처럼 흘러간 그 동네
설핏 궁금해져 짙어 가는 눈그늘일 때
다시 몸 추슬러
가까스로 맘이 몸의 문지방에 기대 오는
그리운 그 동네 수소문하는

저녁별 수다들

―「오목눈이 떼」 부분

위 인용시 「여름 숲을 나오며」의 숲은 아파트 사이 오솔길에 있다. '나'는 그 작은 오솔길을 통과하면서 소리 그늘의 옷한 벌을 챙긴다. 쓰르라미와 참매미 소리를 그늘 옷으로 치환해 내는 '나'의 으늑하고 눈부신 영혼의 행장은 성찰의 완성처럼 이해되기도 하지만, 숲을 통과하는 짧은 순간의 시간성인 그 한때를 환기하는 시간 경험은 예전부터 알고 있었던 것을 새삼 깨닫는, 데자뷰 같은 느낌으로 현상한다는 데에 있어 주목을 요한다. 기묘한 시간 속에서만이 우리는 영혼을 감지하고, 소리의 그늘로 화하는 행장을 지고 다시 걸어갈 때라는 시간에 놓일 수 있기 때문이다. 이렇듯 데자뷰같이 불현듯 찾아오는 친숙한 시공간성은 「오목눈이 떼」에서도 발견된다. 비단 "병꽃나무 울타리 낮은 덤불에"서 발견된 새 떼와 유비되는 사항만이 아니라, 문득 떠오르는 무의지적 기억(involuntary memory)은 "오늘 여울처럼 흘러간 그 동네"를 회상하게 한다는 점에 있어서 중요하다. 무의지적으로 문득상기되는 그리운 그 동네와 그 이름과 그 눈빛은 자연과 하나가 되는 융합된 상태에서라야 가능한 순수한 지각 경험이기때문이다. 우리가 익히 아는 프루스트의 『잃어버린 시간을찾아서』의 마들렌은 바로 이 같은 무의지적 기억을 보여 주는 문학적 사례이다. 유년기에 대한 회상(Eingedenken) 속에서 불현듯 떠오른 이미지나 소리는 망각(Vergessen)되어 있던 과거의 시간이 우리에게 던지는 메시지라 할 수 있다. 벤야민은 유년 시절(『1900년경 베를린의 유년 시절』)의 회상을 통해 일찍이 이것을 설명하기도 했다. 벤야민은 회상에서 주체의 의식적인 부분을 차단함으로써 회상을 독립적으로 분리시킨다. 그러므로 회상은 기억되기 전에는 의식적으로 본 적이 없는 유년 시절의 기억이면서, 섬광처럼 떠오르는 순간들이다. 이처럼 시간의 불연속성은 유종인에게 시적인 순간성으로 도래한다.

3. 상응, 감응

자연은 간간이 살아 있는 기둥들이 어렴풋한 말들을 내보내는 사원, 인간은 친근한 시선으로 자신을 바라보는 상징의 숲을 건너 그리로 들어간다.

La nature est un temple où de vivants piliers / Laissent parfois sortir de confuses paroles / L'homme y passe à travers des forêts de symboles / Qui l'observent avec des regards familiers.

—보들레르, 「상응(Correspondance)」에서

유종인의 기억과 관련해 회상이 갖는 의미를 좀 더 살펴볼
필요가 있다. 이유인즉 기억으로 전환된 시세계에서는 그간
주체의 고통으로 말미암아 등한시되었던 사물과 일상의 공
간이 새롭게 변화된 존재로 상정되기 때문이다. 요컨대 내면
의 분출은 현저히 감소되었지만 대신 기쁨의 충만함이 강화
된다고 할 수 있다.

> 고령의 산길 오를 때
> 매순간이 절정인지라 정상은
> 따로 없었다 두 딸의 이마 정수리에다
> 그윽이 눈썹 그늘을 드리운 아비 산이니라
>
> ―「고령산(高靈山)」 부분

인용시 「고령산(高靈山)」은 '나'가 어느새 식육의 아들에서
"세 살 터울 미취학 어린 두 딸"을 양육하는 아버지로 변화되
어 넉넉한 정신적 생활을 영위하고 있음을 말해 준다. 세상
의 중심에 자리하는 우주산(cosmic mountain)의 의미에 해
당하는 고령산(高靈山)은 주체의 미적 경험이 가족과의 소통
속에서도 가능하다는 걸 느끼게 해 준다. 경기도 파주시와 양
주시 장흥계곡에 걸쳐 있는 산인 고령산(高嶺山)이기도 하고
또한 신령스러운 고령산(高靈山)이기도 하다는 데에서 시는
출발하지만 궁극적으로는 만물을 품은 신령스러운 산으로서

아우라의 지각 가능성을 지닌 것이라 할 수 있다.

벤야민에 따르면 아우라의 경험은 인간사회의 무생물이나 자연이 인간과 맺는 관계로 설명된다. 인간과 (무)생물 간의 감정의 전이 관계는 시선에 대한 시선의 응답이며 아우라의 경험은 이 가운데서 현상한다. 유종인의 작품들은 이 같은 전이를 소중히 여기고 감각화한다. 이 같은 입장에서 해석해 볼 때 「고령산(高靈山)」의 '나'는 "산길", "계곡", "유기견" 등 만물에 시선을 보내고 또다시 대상으로부터 응답받은 교감으로 진술된다고 볼 수 있다. 다음 시에서도 이러한 교감의 모습은 찾아진다.

> 이런 나의 욕심도 가히 좋습니다
> 이럴 때 꼭 하모니카를 떠올리는 상투성을 아직은
> 초여름 농담처럼 써먹을 만합니다
> 옥수수가 내 안으로 야금야금 넘겨 심어집니다
> 그럴 때 말입니다
> 길 건너 철길에 기차가 씨익 잇몸이 보일 듯 말 듯
> 거듭거듭 지나갑니다
> 빈 철길은 기차를 순식간에 물었다 놓습니다
> 철길도 뭔가 시장한 음악을 틀었다 껐다는 생각입니다
> 옥수수의 말단에 내 식탐이 달려 있고
> 철길의 현(絃) 위를 기차가 눌렀다 갑니다

서로 모르는 가운데 스쳐 가는 앎입니다

옥수수를 흘려보냈습니다 노란 기차의 음(音)을 잠시 뜯었습니다

—「교감」 부분

「교감」의 유유자적함은 어디에서 비롯된 것일까. 옥수수의
말단에 달려 있는 "식탐"은 오래전의 그 식탐(「狂人日記6 —
食貪」)과 어쩌면 이리도 다른 것일까. 정신적 충만함으로 인
해 '나'는 현대에서 소모되는 것이 아니라 주변의 쓰임도 분
명히 알아채며 그들과 감응한다. 그대와 나의 평화로운 한때
를 그리고 있는 시는 내 안으로 야금야금 넘겨지는 옥수수의
쓰임도, 기차로 인한 철길의 쓰임도, 철길의 현(絃)을 누르는
기차의 쓰임도 모두 상투성 안에서 의미를 새롭게 부여하며
사물을 생동하게 한다.

이렇게 주체와 대상이 감응하는 「교감」의 교감은 보들레
르의 시 「상응」에 비교될 수 있다. "인간은 친근한 시선으로
자신을 바라보는" 그리로 들어가는 것과 관련해 벤야민이
'시선'을 설명한 바와 같은 맥락이라 할 수 있기 때문이다.

「상응」에서 교감은 무엇보다 지상적 존재인 인간이 자연
이 암시하는 상징체계를 해독해 사원이라는 시 속으로 들어
가면 천상적 존재인 신과 일체가 된다는 형태를 마련한다.
궁극적으로 자연과 인간 그리고 사원(신)으로서 조화롭고
도 숭고한 합일의 관계가 나타나는 것은 주체가 친근한 시

선으로 바라본다는 점 때문에 가능하다. 정다운 시선(regard familiar)으로 작품 속에 사물을 불러들인 보들레르의 시선이 이 같은 것이기에 유종인의 교감 또한 감응 개념을 변용해 실천한 것에 다름 아니다, 라고 할 것이다. 이처럼 교감(다른 말로 만물조응)은 (소위 상징주의의 철학적 탐색으로 드러난 것이므로) 그것의 실현으로 주체와 대상이 교호(交互)하며 언제나 조화로운 합일을 도모한다.

화창함이
세상 모두에게 명함을 만들어 주는 날
모든 우울이
확 껍데기 벗겨지는 날

궂긴 이들도
보고픈 이들에게 반은 산그늘 입고
반쯤은 몸을 내어 다녀가는 날

검은등뻐꾸기 울음으로
그대와 물국수를 말아 먹으며
이마에 땀을 들이는 날

―「오월」 부분

천지의 한 점 습습한 먼지로 이목구비가 돋고 팔다리와 팔등신
이 돋은 나는
　　내가 가고
　　내 무덤에 천 번의 봄비와 가을비 오가듯
　　소슬하니 그리운 생각이 뒤미처
　　잃어진 내 몸을 찾을 때,
　　아 허공에 둔 귓불을 만져 보라

　　서늘하고 뜨거운
　　그대 혀의 일부 같은

—「귓불」 부분

　　한편 시집에 실린 작품 가운데 연시적 정조로 이해되는 시들
은 우주적 에로스의 결과로 나타난다. 인용시 「오월」에서 '오
월'은 내가 잊고 있다가 문득 뻐꾸기 소리를 통해 자연을 만끽
하는 날이다. 우울이라는 일상은 어느덧 화창함으로 인해 벗
겨진다. 그대와 물국수를 먹는 날의 화창함이 의인화를 통해
몸을 내어 다녀가는 날로 변주되면서 이윽고 에로스적 연대의
모습으로 치환된다. 자연 만물은 사랑의 의미망으로 생생하게
살아 숨쉰다. 이러한 사랑의 형상은 「귓불」에 와서는 더한층
짙어져서 독자를 관음의 시선으로 옮겨가게 한다. 첫사랑 얘
기가 멋쩍을 때 분홍으로 물든 뺨의 색이 귓불로 옮아간다는

「귓불」의 일상적 발견은 종국에는 천지로 확장된다. 죽음 이후에도 "소슬하니 그리운 생각"으로 인해 잊힌 자신의 몸을 찾아 허공에 둔 귓불을 만진다는 행은 그야말로 서늘하고 뜨거운, 에로스와 타나토스의 결합이 아닐 수 없다. 종합과 조화를 도모하는 교감은 이렇듯 우주적인 질서와 조화로서 합일의 지점에 도달하며 그로써 주체와 객체는 주객합일을 실현한다.

4. 자기 도야라는 심학(心學)

한 번만이라도 플라타너스 몸속에
사람의 목소리가 잠겨 있을 거라 떠올리기만 해도
그는 어느새 그윽한 나무 의사 인턴이 되는 것

그런 의미에서 지나가다 문득 나무와
어깨를 견주거나 허그를 하거나 허리를 기대기만 해도
나무와 행인은
서로를 촉진(觸診)하는 서로의 소슬한 의사가 되는 법,
나무들만 살리고 사람만 따로 죽지 않으리
사람들 죽는 데 나무만 싱싱 태연하지 않으리

— 「나무 의사—촉진(觸診)」 부분

이번 시집에는 다수 작품들이 나무 예찬의 내용으로 수록되었는데 「나무 의사—촉진」은 그 가운데 한 편이다. 시는 문명의 이기를 질타하기 위해 "문득"이라는 망각의 힘을 빌려 사회역사적 현실의 문제를 보여 주고 있다. 예컨대 개인적 기억과 회상의 형태로 가시화되던 앞선 작품과는 변별되는 지점에 「나무 의사—촉진」은 놓인다고 할 것이다. "플라타너스 몸속에/ 사람의 목소리가 잠겨 있을 거라고 떠올"려보는 일, "문득 나무와/ 어깨를 견주거나 허그를 하거나 허리를 기대"는 일 등은 의지적 기억과 무의지적 기억이 섞이면서 문명 의식으로 나아간 것이라고 할 수 있다. 시인은 문명이 발전하면서 잊힌 현장을 고발하며 일깨운다. 나무와 사람의 생사가 서로에게 달렸다는, 다시 말해 상호적 관계라는 교감의 회생 가능성을 강조하며 촉발시킨다. 이즈음에서 시인의 진술이 강건체의 문장처럼 침중한 풍격(風格)으로 이해되기도 한다. 어째서인 걸까.

아마도 다음과 같은 작품들이 시집의 말미에 자리하고 있어서 그러한 것일 게다. 『숲 선생』에서 서예와 관련하여 쓰인 「숲의 묵서를 내다보다」와 「산 머위 밭의 발색(發色)」 등의 작품은 유가에 훈도(薰陶)된 인물로서의 인격미를 그려낸다. 나무 의사가 된 친구에게 줄 글귀로 써진 것은 여유가 없는 자신의 글씨이고, 또한 붓을 씻느라 거메진 물을 산방의 창문 밖으로 뿌리고 화가 치미는 쪽은 우둔한 필봉의 자신이다. 결론적으로 작품들에서 그려지는 '나'는 스스로 판단키로 인격 수양이 부족하다는 것이다. 이러한 사유로서 인품은 서품이 며(人品卽書品), 서는 마음을 그린 것이다, 라는 유가의 가르침을 그가 따르고자 한다는 걸 알게 된다. 궁극적으로는 심학을 시학의 요체로 삼는 것이다.

그런데 우리는 안다. 시인이, 마음이 바르면 붓도 바르다(心正則筆正)는 정심을 중심으로 한 시세계를 탄생시키기까지, 그리고 만물과 조응하며 "숲의 묵서"와 "발색"을 깨달을 때까지, 다시 말해 숲 선생으로서의 기쁨의 시간을 만끽할 때까지 지난한 고통의 시간이 있었다는 걸 말이다. 그러므로 도리어 고통으로 말미암아 기쁨의 생활이 커다란 뜻으로 펼쳐졌다고 개괄하며 마칠 수 있겠다. 이제 무슨 설명이 더 필요하겠는가? 숲 선생일 따름이다.